WAS MACHEN SIE DA?
ICH FOTO-GRAFIERE MEIN ESSEN FÜR FACE-BOOK.
Rathe

WENN MÖGLICH BITTE WENDEN!

RUTHE

IM URLAUB

LAPPAN

MOMENT MAL! WIR HABEN DOCH NOCH GAR KEINEN NACKTSCANNER!
HIHI.
Raethe

TÜTE BITTE AUFLASSEN, SIND NOCH WARM!
Ruthe

WIEDER NUR WALD-MEISTER?
EIS
Rathe

DIESE APP SAGT MIR, WIE LANG ICH IN DER SONNE BLEIBEN KANN.
WAR GRATIS.
Radke

Z

SCHATZ, HAST DU WIEDER DIE MÖWEN GEÄRGERT?
HI HI HI.
Ritter

VIELEN DANK! SIE SIND DER EINZIGE, DER ANGEHALTEN HAT!
KEINE URSACHE. KEINE URSACHE...

VIELLEICHT IST ES NUR EIN FLASHMOB.
Roothe

DIE NÄCHSTE OASE? FÜR DEN DICKEN SAG ICH'S EUCH.
DEAL!
WOFÜR HAB ICH MICH DANN EINGECREMT?
Rattke

„ICH WILL ANS MEER! ICH WILL ANS MEER!"
SO KLINGST DU!
Ruthe

Ratte
SUCHE MITFAHR-GELEGENHEIT!

DÜRFTEN WIR KURZ IHRE TOILETTE BENUTZEN?
Ruthe

FREDERIC! BIST DU ABER GROSS GEWORDEN!
PERVERS, DIESE VERSPÄTUNGEN, ODER?
5
Ruthe

WIE KOMMT BLOSS IMMER SO VIEL LAUB IN DEN POOL?
Ruthe

MACHEN SIE ES SICH DOCH BEQUEM.
SALZ-STANGE?
Rattke

HEY! SCHON MAL WAS VOM BRIEF-GEHEIMNIS GEHÖRT ?
POST-KARTEN DARF MAN.
Ruthe

NOCH MAL! ICH HATTE DIE AUGEN ZU!

Liebes Herrchen!
Weißt du, wo du dir dein scheiß Stöckchen hinstecken kannst?
DER KATZE MÜSSEN WIR AUCH NOCH SCHREIBEN!
Ruthe

OKAY, DER PLAN WAR **NICHT** IDIOTISCH.
AUCH N TOMATEN-SAFT?
Ruthe

NICHT SO WEIT RAUS, SEBASTIAN. HÖRST DU?

Ruthe

HEY! ICH RIECH WAS!
PST! ICH HÖR WAS!
ICH HAB SO HALS-WEH!
MIT EUCH GEH ICH NIE WIEDER ZELTEN!
Rutter

OKAY!
JETZT HABEN WIR UNS VERFAHREN!
Arsch der Welt
Ratte

WIR HÄTTEN NIE DIESE RTL2-REPORTAGE GUCKEN DÜRFEN.
FINGER IM PO, MEXIKO!
Rathe

ICH VERSTEHE DAS NICHT! HIER WAR DOCH EBEN NOCH EIN ELEFANT!
MAUNZ.

ONKEL RICARDO?
HAFENTOUR IM GLASBODENBOOT
Ruthe

SIND WIR
BALD DA?
Ruthe

WIR KÖNNEN UNS BEIDEN DOCH NUN WIRKLICH VIEL ZEIT SPAREN.
Ruthe

AAH! EIN HERREN-LOSER KOFFER!
AAH! EIN KOFFER-LOSER HERR!
Ruthe

HOPPLA. DA SIND SIE HIER **GANZ** FALSCH.
Rattu

MOMENT! KURZ NOCH WARTEN, BIS DIE OLLE PLASTIKTÜTE IM HINTERGRUND WEG IST. SO, JETZT… AH, DA KOMMT LEIDER DIE NÄCHSTE. AAABER NUN KANN'S LOS GEH…UPSI! DA KOMMT WIEDER EINE…
Rethe

ICH HASSE SIE UND IHREN NACHSENDE-AUFTRAG!
Rathe

ICH WAR DIE LETZTEN WOCHEN ETWAS FAUL.

MACHT DIESER RUTHE EIGENTLICH AUCH MAL SOMMERFERIEN?
Ruthe

Rattke

HAST DU WAS EINGEPACKT GEGEN DEINE INSEKTENSTICH-ALLERGIE?
Rathe

DER PILOT FÄNGT IMMER AN ZU ESSEN, WENN ER NERVÖS IST.
ACH SO.
Rathe

WIR FAHRN NOCH KURZ ZUR TANKE UND HOLN WAS ZU TRINKEN!
Safari Tours

GUCK MA! MAN KANN HIER ÜBERALL STEHEN!
DANN IST JA GUT! ICH BIN NICHT-SCHWIMMER!
Rutter

BEEINDRUCKEND! WIE SCHAFFT EIN SO KLEINER BERG EIN SO GEWALTIGES ECHO?
Ratte

DAS BRINGT LETZTENDLICH MEHR, ALS SIE ZU FRESSEN.
50c

NUN ÜBERLEG MAL GANZ GENAU: WO HAST DU DEN PAPA VERGRABEN?
HOTEL

ABER WAS MACHEN WIR, WENN HERRCHEN DAS RAUSKRIEGT?
PAH! DER EINZIGE, DER REDEN KÖNNTE, HÄNGT MIT DRIN!
COCO REISE-KRANK.
Rathe

BEREIT FÜR ULTIMATIVE ENTSPANNUNG?
WELLNESS
Ruthe

WACH AUF, HENDRIK! DAS IST EINE WANDERDÜNE!
?
Rathe

WIE LANGE HABE ICH GESCHLAFEN?
COOLE SCHOLLE, ALTER!
Rathe

NICHT REISEN. RASEN!

WASSER
BÄLLE
Rathe

... LIEF AUF DER A2 BEI DORTMUND EIN TANK-LASTZUG MIT „CAPRI SONNE" AUS. DIE LADUNG GERIET INS GRUNDWASSER.
DA WILL MAN EIN MAL URLAUB MACHEN...
chten
Ratke

EIN DELFIN? WIESO HAST DU EINEN DELFIN ADOPTIERT?
PAPAPAPA! DIE ROSA DINGER SCHWIMMEN MIR WIEDER NACH!
Rathe

ICH MUSS DRINGEND NEUE FOTOS MACHEN LASSEN.
Ruthe

HALLO?! ICH HAB AUCH EIN GESICHT!
Rathe

HM...
ISLAMIST
ODER HIPSTER?
Rathe

MENSCH, CHEF! SO EIN ZUFALL! ICH BIN'S, GERD DANNEWITZ AUSM LAGER!
Ratte

BADESEE
Rathe

SCHATZ! DU SOLLST DOCH URLAUB MACHEN!
JA-HAA.
Rathe

HA! WER SIEHT **JETZT** ALBERN AUS?

VOLLGAS INS WOCHEN-ENDE!
VOLLGAS INS STAU-ENDE!
Ruthe

NEIN, VERDAMMT!
ICH WILL KEINE INSELWITZE MEHR HÖRN!!!
Rathe

VORSICHT! KROKODILE SEHEN IM WASSER MANCHMAL AUS WIE HARMLOSE BAUMSTÄMME!
BEI „DREI" SCHNAPPEN WIR ZU! VERSTANDEN, JOSEF? HE! HE, JOSEF!

DAS IST ALLES EURE SCHULD! ICH HASSE ES, TERMINE ZU VERSCHLAFEN!
UNSERE SCHULD? WER STELLT DEN RADIO-WECKER DENN IMMER FALSCH?
ICH HAB HALT DICKE FINGER.
Ruthe

ICH MACHE EINFACH PIPI UND KEINER MERKT'S.
HALLO? ICH ESSE HIER!
Rathe

WÜRDEN SIE BITTE EIN SELFIE VON MIR MACHEN?
Ruthe

WIE SOLLTE ICH DENN DIE WESTE ANZIEHEN, OHNE DAS WEGZULEGEN?
PFFFFFF...
Rathe

IM PROSPEKT SAH ES AUS WIE SEHR WEISSER SAND.
Rathe

WASSER...
STROM...
Rathe

WER FREUT SICH DENN DA, DASS HERRCHEN ZURÜCK AUS DEM LANGEN URLAUB IST?
Rathe

WIR SIND VOLL. STATTDESSEN BEKOMMEN SIE EIN FLUGTICKET NON-STOP NACH NEUSEELAND UND EIN SCHREIENDES BABY.
Rattke

EIGENTLICH HASSE ICH URLAUB.
Rattke

© Björn Gaus

Ralph Ruthe, Jahrgang 1972, ist einer der erfolgreichsten deutschen Cartoonisten. Außerdem ist er Autor, Musiker, Filmemacher und tritt mit einer Mischung aus Lesung, Comedy und Multimediashow deutschlandweit auf. Seine preisgekrönten Cartoons erscheinen in Magazinen und Tageszeitungen und als sehr erfolgreiche Buchreihe im In- und Ausland.
www.ruthe.de / www.facebook/ruthe.de

Im Urlaub
1. Auflage
- Originalausgabe -

Redaktion: Antje Haubner
Herstellung: Ralf Wagner

ISBN 978-3-8303-3545-0
Printed in Latvia

MIX
Papier aus verantwortungsvollen Quellen
FSC® C002795
FSC www.fsc.org

Triff uns auf facebook.com/Lappan Verlag und instagram.com/lappanverlag
www.lappan.de
Ruthe wird gesponsert von www.staedtler.de.

MEHR? MEHR:

RUTHE
KENN ICH VON FACEBOOK!
RUTHE
HALT DIE FRESSE, INGO!
RUTHE
KEIN STRESS!
DAS BUCH RUTHE
RUTHE
MAHLZEIT!
RUTHE
BEST OF SHIT HAPPENS!
RALPH RUTHE
FLOSSEN
KUMPELS MIT KIEMEN
RUTHE
FROHES FEST!
KINDER!
MAN BEKOMMT JA SO VIEL ZURÜCK!
HUNDE!
DAS MACHT DER SONST NIE!
KATZEN!
VERZEIHUNG, DAS IST MEIN SOFA!
GRILLEN!
SOLL DAS SO DUNKEL?